Costanza Barbareschi

Il cappotto rosso

MNAMON

Teresa era una bambina timida. L'unica amica che aveva, Alessandra, era immaginaria, creata dalla sua fantasia, e a lei confidava tutti i suoi segreti.

Pur essendo ancora piccola, Teresa aveva tanti pensieri, tanti momenti che voleva e poteva condividere solo con la sua amica immaginaria e questo la faceva stare bene.

Spesso andava in fondo al parco e iniziava a parlare con lei, che trovava bellissima, con il suo viso delicato, gli occhi scuri espressivi e i morbidi capelli neri: a lei pareva unica. Un'amica che le dava tanto conforto quando era triste o quando era ammalata, che la rassicurava nei momenti in cui entrava in crisi per non essere riuscita a farsi valere con le compagne, che la denigravano e la insultavano.

Con il tempo Teresa cresceva e iniziava a pensare a quando non avrebbe più giocato in quel parco, a quando non avrebbe più frequentato quel luogo a lei a volte ostile e, di conseguenza, non avrebbe più incontrato la sua amica Alessandra. Questo pensiero la spaventava molto, ma poi cercava di calmarsi, convincendosi che forse la sua amica non l'avrebbe abbandonata e che avrebbe potuto sempre contare su di lei.

Solo Alessandra riusciva a darle gioia e felicità, facendola sentire importante. Non le parlava mai direttamente, ma le mandava dei messaggi che Teresa interpretava a modo suo e che faceva subito suoi; questo le piaceva molto.

Alla sera, quando, dopo una lunga giornata di piccoli impegni, di giochi e di scuola, andava a letto, aspettava che tutte le sue compagne dormissero. Allora finalmente arrivava Alessandra, che la coccolava, le accarezzava i capelli e, quando lei aveva paura del buio ed era molto spaventata, la tranquillizzava, dandole serenità,

Teresa si trovava in un posto chiamato "Casa Famiglia", a lei prima sconosciuto. Non capiva perché si trovasse lì, non sapeva neppure chi l'avesse accompagnata, non riusciva a capire perché non fosse con i suoi genitori, quindi si sentiva molto inquieta e avrebbe voluto assolutamente scappare. Ma una bimba come lei non avrebbe potuto farlo, non sapendo dove andare, se non in quel parco grande, pieno di giochi, altalene, scivoli e tante panchine. Teresa era una bambina solitaria, molto introversa, e così si rintanava in fondo al parco, dove si sentiva protetta dalle grida degli altri bambini e dalle educatrici, che si facevano passare per mamme sostitutive. A volte si nascondeva per ore e cominciava a parlare da sola. Ma un giorno ebbe l'impressione di non essere sola e, da quel momento, ogni volta che andava in fondo al parco sentiva una voce che le parlava. Fu così che conobbe la sua amica immaginaria e questo le bastò per affrontare tutte le ingiustizie e le angherie delle compagne e delle educatrici, se così si possono chiamare.

Una notte, proprio di fianco al suo lettino, sentì una bambina che piangeva, a cui non aveva mai fatto caso: non sapeva neppure il suo nome. Si alzò e chiese alla bimba cosa avesse e come si chiamasse e quella le disse di chiamarsi Dora. Quella notte Dora era molto triste e Teresa le chiese perché si trovasse in quel posto, ma la bimba non sapeva nulla, voleva solo avere accanto a sé la sua mamma. Teresa non ci pensò su due volte, le si avvicinò e la strinse a sé accarezzandole i capelli. Dora aveva due occhi bellissimi, era gracilina, ma sapeva il fatto suo. Si era accorta che Teresa aveva un segreto, la sentiva parlare da sola di notte e le chiese con chi parlasse. Allora Teresa le rivelò di avere un'amica immaginaria, che si chiamava Alessandra, che da qualche giorno, però, non riusciva a vedere.

Dora, a quel punto, chiese a Teresa se potevano diventare amiche, così avrebbero passato tanto tempo insieme. Teresa ne fu contentissima e cominciò a fare tutto con Dora e pian piano si dimenticò di Alessandra.

Ormai erano passati tanti giorni e nulla era cambiato, sembrava che Alessandra fosse sparita dalla sua fantasia.

Ma a Teresa la sua mancanza cominciò a farsi sentire, non poteva farci nulla e non sapeva come rimediare, se non comunicando alla nuova amica il suo disagio. Dora, però, era più piccola di lei e Teresa capiva che avrebbe dovuto proteggerla, coccolarla e rassicurarla che non l'avrebbe mai abbandonata, anziché angustiarla con le sue tristezze.

Le due bambine cominciarono ad andare insieme nel parco a divertirsi, passavano le giornate sulle altalene e sui pattini a rotelle, raccontandosi i loro segreti, le loro paure e le loro gioie. Erano pochi i momenti in cui potevano divertirsi, ma quelli li sfruttavano fino in fondo.

Arrivò per loro il primo giorno di scuola e questa nuova esperienza si rivelò una cosa difficile da accettare. Non capivano perché dovessero stare ferme ed in silenzio ad ascoltare la maestra, imparare a fare le aste e i quadrati. Più avanti però cominciarono a conoscere le lettere, poi, pur se lentamente, ad unirle insieme e, con stupore, capirono che così, costruivano parole, frasi, ma soprattutto stavano costruendo il loro futuro.

Nei pomeriggi finalmente andavano nel parco, dove impararono molto presto ad andare sui pattini a quatto ruote, divertendosi un mondo. La sera, stanchissime, andavano a dormire, ma Dora era sempre agitata, così Teresa ogni sera la coccolava, le accarezzava i capelli, come un tempo faceva con lei Alessandra.

Un giorno, una delle tante finte mamme dell'istituto, vedendole così affiatate, decise di coinvolgerle nelle piccole faccende da sbrigare quotidianamente, proponendo loro di aiutare l'educatrice che si occupava della cucina. Inizialmente venne loro affidato il compito di pestare il sale grosso con una bottiglia di vetro, per farlo diventare fine e, a fine lavoro, ricevettero come premio un pezzo di cioccolato, che le rese molto felici. Nei giorni successivi passarono ad un'altra mansione: pelare le patate, ottenendo sempre la stessa ricompensa .

Alla sera, quando andavano a letto, Dora e Teresa erano molto stanche, ma anche contente perché mangiavano cioccolato.

L'educatrice continuò a chiamarle, sapendo che poteva fidarsi di loro, anche se, a dir la verità, quando le due amichette pelavano le patate erano più quelle che mangiavano che quelle che finivano nella pentola.

Col tempo, le compagne vennero a sapere che Teresa e Dora aiutavano in cucina, dopo la scuola, ed erano molto invidiose. Cominciarono così a fare loro dei dispetti e a denigrarle, ma le due bimbe facevano finta di nulla, erano una squadra e si difendevano con molto coraggio, anche se erano solo in due.

Un giorno, una bambina di nome Laura le avvicinò, chiedendo la loro amicizia, poiché si sentiva sola e non aveva nessuno che si occupasse di lei.

Teresa e Dora furono molto contente di accettare Laura come nuova amica e, da subito, cominciarono a proteggerla, anche perché era più piccola di loro e molto spaventata, visto che da pochi giorni si trovava in quell'ambiente. Teresa, Dora e Laura avevano in comune la loro solitudine e quindi, mettendo insieme i loro momenti tristi, man mano rafforzavano la loro amicizia e si proteggevano a vicenda. Del resto erano solo delle bambine, che si trovavano in quel posto perché purtroppo nessuno si occupava di loro. Non avevano idea di chi fossero i loro genitori, che forse erano da qualche parte nel mondo oppure, dato che la guerra era finita da poco, erano morti lasciandole orfane. Per fortuna, oltre che dalla solitudine, erano anche legate dalla voglia di vivere, di crescere e di riscattare l'amore che era loro mancato.

Laura era una bella bambina, dagli occhi marroni e dai capelli neri, lunghi, che, purtroppo, le vennero tagliati, come era abitudine in quell'ambiente, dopo pochi giorni dall'arrivo, dato che sarebbe stato più facile, per le piccole ospiti, lavarli e pettinarli da sole.

Nella Casa Famiglia dovevi crescere in fretta, questa purtroppo era la regola all'insaputa di tutte le bimbe che entravano lì.

Anche Teresa e Dora erano cresciute in fretta ed ora dovevano occuparsi di Laura, che era la più fragile e aveva chiesto il loro aiuto.

Questo compito le faceva sentire grandi, importanti e soprattutto responsabili, per cui cercavano di far vivere a Dora la realtà dell'istituto nel modo meno traumatico possibile.

Ogni giorno, andando a scuola, si aspettavano a vicenda e spesso arrivavano tardi. Naturalmente, se i ritardi erano eccessivi, venivano punite: senza merenda o in piedi dietro la lavagna.

Ma a loro non importava, loro erano una squadra e non si lasciavano certo intimidire dalle punizioni e soprattutto dalle educatrici.

I giorni passavano e pian piano le tre bimbe diventavano delle piccole donne, che cominciavano a sentire nuove esigenze, avevano desiderio di uscire da quell'ambiente, volevano conoscere il mondo, conoscere altri coetanei. Ancora piccole di età, ma grandi dentro, volevano fuggire, scoprire cosa c'era fuori da quell'edificio, com'era la vera vita, quella sicuramente diversa dalla loro normalità quotidiana, scandita da piccoli gesti, piccole incombenze assegnate a tutte le ospiti di quella casa famiglia.

Un giorno Teresa propose alle sue amiche di fuggire insieme con la fantasia e suggerì loro di chiudere gli occhi e immaginare dei paesaggi fantastici, dove non vi erano regole, ma solo tanta libertà.

Dora immaginò di trovarsi in un posto verdissimo, pieno di animali, tra cui un cane, suo amico, che lei chiamava Nuvola. Immaginò di correre con il suo cane lungo i prati, immaginò che Nuvola le parlasse e che la sera, quando si coricavano, si mettesse a dormire accanto a lei, con le zampette posate sul suo corpo, quasi ad abbracciarla. Così scoprì che non aveva più paura del buio. Nuvola era per Dora veramente speciale, lo aveva scoperto da poco, ma per lei quell'animale era semplicemente meraviglioso. Spesso immaginava di averlo accanto e gli parlava, era come se Nuvola facesse parte di lei.

Laura invece immaginava di essere su un palloncino, che volava tra le nuvole e la portava lontano, immaginava di incontrare altri palloncini con tanti bambini che come lei amavano volare, ma soprattutto amavano andare molto lontano. Persino nei suoi sogni apparivano tanti palloncini ed erano di tutti i colori, perché Laura era una bimba che viveva solo per i colori. Qualsiasi cosa o disegno lei facesse era composto da mille colori, Laura era il colore.

Quanto a Teresa, lei immaginò di essere su una mongolfiera e di volare sopra i tetti, sopra le case da lei poco amate, perché la obbligavano a delle regole che non le erano mai piaciute.

Volando con la fantasia, rincontrò la sua amica immaginaria Alessandra. Era felice di averla ritrovata e subito le chiese: "Perché mi hai lasciato sola?" Ma Alessandra non rispose e Teresa capì che quella era l'ultima volta che l'avrebbe vista.

Infatti passarono giorni, settimane, ma di Alessandra non vi fu più traccia. Poi, un giorno, Teresa capì che la sua amica era volata veramente tra le nuvole, ma che dalle nuvole avrebbe continuato a proteggerla, seguendola nel cammino della vita, senza lasciarla mai sola.

Arrivò l'estate, la maggior parte delle compagne andava in vacanza con i rispettivi parenti, ma Teresa, Dora e Laura non avevano questa opportunità e, quindi, venivano mandate in colonia. Partivano dopo la chiusura delle scuole, i primi giorni di giugno. naturalmente dopo aver preparato l'istituto ad accogliere le compagne, che sarebbero tornate verso la metà del mese, dandosi da fare dalla mattina alla sera. Ma a loro il lavoro non pesava, perché pensavano, contente, alla colonia che le avrebbe accolte di lì a poco: un ambiente piacevole, ricco di verde, di alberi di ciliegie, di tantissimi funghi e fiori, tra cui ciclamini dal profumo intensissimo.

Quando le educatrici le mandavano a raccogliere le ciliegie, loro tre facevano come le scimmie. Un giorno Teresa ne aveva mangiati talmente tanti, che stette male per tutta la giornata successiva. Aveva proprio esagerato, procurandosi un'indigestione che le impedì di mangiare ciliegie per un bel po'.

A volte, le tre amiche andavano nel bosco a raccogliere i ciclamini, ma, come sempre, tornavano anche cariche di funghi, naturalmente porcini, che Dora era molto brava ad individuare.

Un giorno Laura era particolarmente insofferente. Teresa e Dora non capivano cosa avesse, ma volevano aiutarla, così le si fecero vicine, ma lei scoppiò in un pianto dirotto, spaventandole. Le due amiche pensarono che quel pianto fosse dovuto alla nostalgia dei genitori, ma Laura disse che la ragione era un'altra: le mancava il suo fratellino Davide. Loro in quel momento si sentirono impotenti, non avevano mai sentito parlare di questo fratellino e non sapevano neanche se esistesse davvero. Cercarono di capire meglio, facendo tante domande a Laura sull'età del fratellino, sul colore dei suoi occhi, dei capelli, ma Laura non sapeva rispondere: sembrava che quando le facevano queste domande, lei andasse nel pallone. A quel punto, Teresa capì che Davide era un fratellino immaginario e che Laura ne aveva perso il contatto, come era accaduto anche a lei con Alessandra.

Alla sera andarono a dormire nel solito camerone della colonia. I loro letti non erano vicini, però, essendo le sole ospiti dello stanzone, potevano comunque farsi tante coccole.

Quella notte Teresa rifece il sogno, ormai ricorrente, del "Cappotto Rosso", di cui non riusciva a capire il significato.

Il "Cappotto Rosso" era nei suoi sogni da molto tempo. Nel sogno si vedeva bella, col suo cappotto, molto semplice ma elegante, che le stava benissimo. Si sentiva una regina con i capelli lunghi, color castano chiaro, le calze a rete e delle scarpe alla moda. Insomma le sarebbe piaciuto diventare, nella realtà, come appariva in quel sogno.

Ma ben presto si rese conto che stava fantasticando troppo. Il difetto di Teresa era che non aveva molta fiducia in se stessa, per cui aveva sempre bisogno di rassicurazioni. Per qualsiasi lavoro svolgesse, avrebbe desiderato che le educatrici le dicessero brava, ma non succedeva mai. Così, poco a poco, aveva perso la fiducia in se stessa, tanto che anche a scuola le sembrava di non riuscire a capire e, quindi, non si impegnava. Faceva fatica a memorizzare le tabelline, fare i conti… solo una cosa sapeva fare: scrivere i suoi pensieri, quando la maestra le lasciava libertà di espressione e, in quell'unico caso, riusciva a prendere la sufficienza,.

Tornando a Laura, ogni sera Teresa e Dora le chiedevano del fratellino immaginario, perché avevano capito che i racconti su Davide la tranquillizzavano e la facevano stare bene.

I giorni passarono, finirono le vacanze e si dovette tornare a scuola, ma le tre amiche riuscirono comunque a mantenere la loro abitudine delle coccole serali.

All'improvviso, una sera, scoprirono che stavano diventando donne e iniziarono a toccarsi, per conoscere i loro corpi. Teresa, che era la più grande, insegnava a Dora e a Laura come fare a volersi bene.

Coccolandosi da sole, scoprivano un mondo nuovo e capivano che quello era l'unico momento della giornata in cui erano veramente serene. Con l'andare del tempo, si resero conto che non potevano più restare lontane, erano come marchiate, avevano scoperto la sessualità, la masturbazione adolescenziale e si sentivano bene.

Naturalmente questo avveniva quando tutte le compagne erano addormentate, solo in quel momento iniziava il loro scambio di coccole. Teresa le faceva sia a Dora che a Laura, era un loro segreto.

Non avevano mai pensato di fare delle cose brutte, volersi bene non era proibito!

Laura, una sera, riuscì a rivedere il suo fratellino immaginario. Sapeva che lui la spiava, lo ascoltava respirare e ogni notte sentiva che lui era nel suo letto e la coccolava, ma tutto questo era di una purezza disarmante.

Le loro coccole erano pure, non c'era nulla di malizioso in loro, erano solo tre bambine che si volevano bene, con semplicità, cercavano coccole, perché si sentivano sole in quell'ambiente tanto ostile.

Il tempo passava e loro continuavano a crescere, diventando delle ragazzine molto carine, che assistevano meravigliate alla trasformazione dei loro corpi: la crescita dei primi peli, dei seni. Il giorno in cui Teresa ebbe il suo primo ciclo mestruale, corse subito a comunicare alle sue amiche la novità. Si sentiva strana, non riusciva a capire e collegava ciò che le era accaduto con quanto aveva sentito da una delle educatrici, che parlando di loro con delle colleghe, si chiedeva quando sarebbero diventate signorine.

Un giorno Teresa, mentre si trovava nel parco con le amiche, ebbe uno strano incontro con una donna. Era una persona particolare, molto sensibile, aveva i capelli castani tendenti al biondo e occhi grandi. Ma la cosa a dir poco incredibile era che questa persona sapeva tutto di lei, sapeva della sua amica immaginaria Alessandra, sapeva del suo periodo molto lungo e non ancora concluso nella Casa Famiglia, sapeva anche delle sue amiche Dora e Laura. Teresa restò molto colpita e cominciò a chiedersi chi fosse quella persona molto dolce, che la conosceva così a fondo.

Così un giorno l'affrontò, chiedendole chi fosse e che cosa volesse da lei, ma quella, nonostante andasse tutti giorni nel parco per incontrare Teresa, in un primo momento non le rispose. Teresa, che era molto insistente, la prese per sfinimento, convincendola a rispondere alle sue domande, cosa che la donna iniziò a fare con molta lentezza, facendole perdere la pazienza. Finalmente le raccontò degli episodi che solo Teresa poteva conoscere e, infine, le disse: "Io sono la tua ombra, sono dentro la tua anima, nei tuoi pensieri. Nei momenti di tristezza, che avrai lungo il cammino, sarò sempre al tuo fianco e così nei momenti di gioia, io sono colei che ti accompagnerà lungo la strada della vita."

Teresa, in un primo momento, non capì l'importanza di quelle parole, non sapeva come affrontare la comunicazione con quella persona che, nonostante la sua dolcezza, aveva un non so che di severo e di aggressivo. Ciononostante, cominciò ad avere fiducia in lei. Alla sera, quando andava a dormire, era tormentata dai pensieri, si faceva mille domande, si dava mille risposte, in certi momenti aveva anche paura, ma in molti altri sperava di incontrarla il giorno dopo, per parlarle e confidarle tutte le sue paure, i suoi dubbi.

Un giorno le sue amiche videro che Teresa cominciava ad essere assente sia nei momenti di svago sia a scuola; era via con la testa, non voleva più studiare e aveva uno sguardo perso nel vuoto.

Una notte, nel silenzio tombale della camerata, Teresa cominciò ad avere paura, poiché vide un'ombra aggirarsi tra i letti, come a cercare qualcuno o qualcosa. Era vestita di scuro e non si capiva se fosse una donna o un uomo. Teresa scese dal letto e cominciò a seguirla, vide quest'ombra controllare tutti i letti, ma non capiva che cosa stesse cercando. Ad un certo punto si sentì un urlo lanciato da una bimba che, avendo visto l'ombra, si era spaventata. Teresa corse subito accanto al suo letto e cercò di tranquillizzarla, mentre anche le altre bimbe si svegliavano e Dora e Laura lasciavano i loro letti, per correre a loro volta in aiuto della bambina.

Teresa cercò l'ombra con lo sguardo e improvvisamente capì che si trattava della donna misteriosa, che un giorno le aveva detto che le avrebbe preso l'anima, i pensieri... "Ma perché?" si chiedeva angosciata.

Teresa non aveva mai fatto del male a nessuno, l'unica sua pecca, se così si poteva chiamare, era una certa ingenuità.

In un giorno di festa per l'istituto, Teresa si svegliò di buon mattino, si preparò e aiutò anche le
sue amiche a prepararsi in fretta per l'evento. Poi,
insieme andarono al parco tutte eccitate, poiché
per la prima volta avrebbero partecipato ad una
grande festa, con le altre compagne della Casa Famiglia.

Teresa cominciò ad avvertire una musica dentro
di sé: era un canto che aveva già sentito, senza
ricordarsi dove, una musica molto dolce che la
faceva stare bene, perché le era particolarmente
familiare. Di colpo si ricordò che l'aveva sentita
dalla donna misteriosa la quale, quando andava a
trovarla di notte, gliela cantava sempre.

Questa melodia, molto rilassante in certi momenti, aveva anche il potere di farla sentire insicura, al
punto di farla tremare. Perché?

Tornando con la mente alla festa, che stava ini-
ziando, si accorse che le sue amiche erano con
il gruppo in fondo al parco. Cominciò a correre
per raggiungerle, ma tutt'a un tratto inciampò e
purtroppo si fece male, tanto male che dovette andare in ospedale. Il dottore che la visitò le disse
che doveva restare a letto per un lungo periodo.
Teresa cominciò a piangere, non avrebbe voluto
perdersi la festa per nessun motivo al mondo, ma
non sapeva come fare, così chiese all'infermiera
di chiamare le sue amiche Dora e Laura. L'infer-

miera, in un primo momento, le disse di no, ma poi acconsentì e il giorno successivo Dora e Laura andarono a trovarla in ospedale. Teresa volle sapere tutto della festa e loro gliene parlarono. Poi le diedero un palloncino che avevano preso per lei, suggerendole di scrivere un biglietto a chi voleva, di legarlo con uno spago al palloncino, per farlo volare nel cielo.

Teresa si chiese a chi avrebbe potuto scrivere e quale messaggio inviare. Pensò alla sua amica immaginaria Alessandra e si chiese se il palloncino le sarebbe arrivato. Come le mancava Alessandra! Ogni notte sperava che tornasse da lei, che le facesse le coccole come lei sola era capace di fare, così prese coraggio e cominciò a scriverle. Chissà se Alessandra avrebbe mai letto il suo bigliettino! Chissà se avrebbe capito la sofferenza che sentiva nell'anima! Si accorse che faceva fatica a scrivere, la penna non scorreva sul foglietto e provava una strana sensazione, come se qualcuno le bloccasse la mano, ma non si fermò, completò lo scritto, lo legò al palloncino e, con un gesto veloce, lo fece volare via.

Dentro Teresa cominciavano ad alternarsi strane sensazioni: euforia, rabbia, stanchezza… Purtroppo era costretta a rimanere a letto e, per distrarsi, pensava alle sue amiche Dora e Laura. Mentre fantasticava, presa dai suoi pensieri, si addormentò e cominciò a sognare. Sognava di correre in un parco, di gridare, di andare verso un bambino, che cominciò a correre con lei. Il bimbo si chiamava

Carlo, aveva occhi azzurri, capelli di un colore biondo ramato e gli mancavano alcuni dentini davanti, ma era un bambino bellissimo. Si presero per mano e andarono in fondo al parco. Lì salirono sulle altalene, sullo scivolo, sentendosi liberi e felici. Poi, Carlo propose a Teresa di mettersi a pattinare, per sentirsi ancora più liberi, e lei rimase a bocca aperta, perché, fino a quel momento, aveva pensato di essere l'unica a sentirsi libera sui pattini, ma evidentemente si era sbagliata. Cominciò a ridere tantissimo, era felice e disse a Carlo di correre veloce insieme a lei, così sarebbero volati in alto, sia con il corpo che con i pensieri.

D'improvviso sentì qualcuno che la scuoteva, che la richiamava alla realtà, la svegliava e la strappava bruscamente dal suo sogno, un sogno che non si sarebbe più ripetuto probabilmente, impedendole di rivedere Carlo, il bambino biondo, dagli occhi azzurri.

Ma chi era la persona improvvisamente apparsa nei suoi sogni? Cosa voleva da lei?

Teresa cominciò ad urlare, voleva correre nel parco, voleva ritrovare il bambino, ma non riusciva a muoversi. Nel frattempo bussarono alla porta della camera e il suo sguardo cominciò a rasserenarsi, posandosi sui volti di Dora e Laura, che erano venute a trovarla. Le due amiche erano vestite per la festa: Dora aveva un vestito color lilla, scarpette di vernice, calzettoni bianchi ed era bellissima, Laura aveva un vestito color rosa, anche lei scarpe di vernice, calzettoni bianchi, e tutte due avevano un bel cerchietto color argento tra i capelli ed erano felici.

Teresa, quando le vide, raccontò subito loro il suo sogno, che per lei era qualcosa di reale, e quindi chiese a Dora e Laura di aiutarla a ritrovare Carlo. Le supplicò di andare a cercarlo nel parco, chiamandolo ad alta voce. Ma in cuor suo sapeva che quel bambino era solo un sogno e che sarebbe stato impossibile ritrovarlo.

La reazione di Laura fu di stupore e di incredulità per quanto le veniva chiesto. Si domandò se Teresa si sentisse bene, per lei la richiesta era assurda, era consapevole che non sarebbe riuscita a ritrovare quel bambino, poiché aveva capito che era solo frutto della fantasia di Teresa. Però Laura non voleva deludere le aspettative di Teresa, così guardò Dora e le disse di seguirla: avevano un compito speciale da svolgere per l'amica che era ammalata.

Corsero giù per le scale e andarono verso il parco, raggiunsero la siepe che divideva la strada da quel posto a loro ostile e cominciarono a gridare il nome del bambino dagli occhi azzurri, ma nulla, nessuno rispondeva al loro richiamo. Poi, ad un tratto, sentirono la voce di un uomo, che si avvicinò, chiedendo loro perché chiamassero quel bambino. Le due amiche non volevano rispondere, era un loro segreto e non ritenevano di doverne parlare ad un estraneo. Ma l'uomo si presentò, dicendo che anche suo figlio era un bambino biondo, dagli occhi azzurri, che però era sparito da un paio di giorni e non sapeva dove fosse andato, era come scomparso nel nulla. Ad un tratto Laura, guardando quell' uomo, si ricordò di averlo già visto: era il contadino che viveva nella cascina vicino al loro parco, un uomo dal viso buono, sempre nell'orto a lavorare di continuo. Così pensò di tornare da Teresa, per parlarle dell'incontro che lei e Dora avevano avuto nel parco. Quando arrivarono nella stanza della loro amica, però, non la trovarono: era stata portata in sala operatoria, avendo avuto una complicazione che implicava un intervento.

Teresa, colta da una crisi di asma, dovuta a problemi polmonari, era entrata in uno stato di semincoscienza. I medici dovevano intervenire subito, lei non rispondeva più alle sollecitazioni, a chi la chiamava, ripeteva solo il nome di quel bambino dagli occhi azzurri. Era ritornata dentro il sogno del parco, voleva rivedere il bambino biondo; era lui che la faceva sentire libera, che la faceva correre sui pattini, che la faceva ridere a squarciagola.

Dopo tanti giorni di ospedale e di assenza di coscienza, cominciò ad aprire gli occhi, le prime persone che vide furono Dora e Laura, le sue amiche speciali, ma non c'era il bambino biondo con gli occhi azzurri. Teresa diventò subito triste, si rese conto che non lo avrebbe mai più rivisto. Dov'era finito il bambino del suo sogno?

Le sue amiche si chiedevano perché Teresa ci tenesse tanto a ritrovarlo. Cos' era successo dentro di lei? Nonostante fosse un bambino irreale, aveva lasciato in lei un'emozione indelebile e questo faceva sì che non riuscisse a considerarlo solo un sogno.

Teresa cercò di alzarsi dal letto, ma non riusciva a muovere le gambe: erano come due pezzi di legno. Cos'era successo veramente nell'incidente che aveva avuto pochi giorni prima? Pensando e ripensando, capì che era caduta dall'altalena, ma che in quel momento non era sola, perché c'era l'uomo del cascinale non lontano da lei, il quale l'aveva spinta giù, facendole perdere l'equilibrio. Perché quell'uomo voleva farle del male? Chi era e, soprattutto, cosa voleva da lei. La conosceva?

Si ricordò che quell'uomo cercava, tramite lei, il bambino biondo dagli occhi azzurri, lui sapeva che Teresa lo aveva incontrato, quindi voleva assolutamente che lei lo conducesse dal bambino.

Ma dove era finito Carlo, il bambino dagli occhi azzurri? Possibile che anche lui, come Alessandra, fosse solo un amico immaginario? Intanto decise di parlare con quell'uomo che voleva farle del male, spiegandogli che quel bambino era solo frutto della sua fantasia.

Rimasta sola con Dora e Laura, nella sua camera, abbracciò le sue amiche speciali e propose loro di stringere questo patto: se fossero rimaste sole, si sarebbero cercate e ci sarebbero state sempre l'una per l'altra, per aiutarsi, amarsi, impedendo che la solitudine prendesse il sopravvento.

Questo patto dava a Teresa una grande forza, finalmente sapeva che comunque fosse andata la loro vita, non sarebbero rimaste sole. Dora, Laura e Teresa, erano come tre sorelle che, sia nella vita sia nella morte, sarebbero rimaste insieme.

Venne il giorno in cui Teresa uscì dall'ospedale, dopo un lungo periodo di riabilitazione. Quel giorno era speciale, si sentiva bene e pensava al futuro con un certo ottimismo. Finalmente sarebbe tornata a giocare nel parco con le sue amiche, sarebbe ritornata a scuola, dove avrebbe seguito il programma senza grossi problemi, dato che in ospedale aveva sempre fatto i compiti, che puntualmente le maestre le avevano inviato, tramite le amiche.

Sognava di ritornare a pattinare, per sentirsi ancora libera e per incontrare Carlo, che la faceva sentire capace di volare. Il medico, che l'aveva dimessa, era stato però molto categorico, proibendole assolutamente i pattini, le corse, le sudate, che per lei sarebbero state deleterie. Teresa soffriva di fragilità polmonare, quindi doveva stare attenta a non prendere raffreddori e tantomeno influenze.

Mentre aveva questi pensieri, sentì una voce che la chiamava. Teresa in un primo momento non capì chi fosse, ma... era una voce familiare! Quella del bambino che aspettava, che desiderava tanto rivedere. Ebbe un sussulto di felicità e lo chiamò

per nome: "Carlo!" e il bambino dagli occhi azzurri, come d'incanto, riapparve. Teresa subito gli
chiese chi era veramente e chi fossero i suoi genitori. A quel punto, Carlo la guardò e le disse: "Io
non ho più i genitori, però vivo in un posto meraviglioso, con tante persone che si occupano di me
e ogni tanto vengo a trovare i bambini e anche il
mio papà del passato. Teresa capì cosa intendesse
dire: l'uomo misterioso, che le appariva spesso di
notte, era il papà di Carlo. Allora gli chiese come si
chiamava il suo papà del passato e seppe da Carlo
che si chiamava Ferdinando, che era stato un buon
papà, ma che, purtroppo, non poteva stare più con
lui.

Il bambino immaginario, in certi momenti, era
dunque vero! Ma poi tutto svaniva e Teresa si ritrovava sola, preda della malinconia. In quei momenti, allora, cercava ancora la sua amica immaginaria Alessandra, ma non la trovava, eppure per
lei era una cosa vitale! Perché Alessandra non si
faceva viva? Cosa rappresentava per lei? Si faceva spesso queste domande e si rendeva conto che,
andando avanti nel tempo, questa amica immaginaria diventava sempre più reale, forse perché
la faceva sentire bene, le faceva tante coccole, cer-
te notti la aiutava ad addormentarsi, ma anche a
prendere delle decisioni importanti.

Alessandra sapeva come interpretare il suo pensiero, come farla felice, la conosceva nel profondo, solo lei era riuscita a farla sorridere, a donarle,
anche se per poco, la felicità di essere viva e, cosa

non da poco, le aveva insegnato ad amare.

Una notte, Teresa, dopo aver faticato ad addormentarsi, finalmente ci riuscì e sognò di saltare da una casa ad un'altra, poi di trovarsi alle giostre, dove rideva tantissimo. Nel sogno incontrò un clown, che sotto la maschera nascondeva due occhi bellissimi e un naso rosso. Teresa gli chiese il suo nome, ma il clown non rispose, solo in quel momento Teresa capì che era muto; allora prese una penna e un foglio di carta e glielo diede. Il clown scrisse il suo nome: Nessuno, si chiamava proprio così. Teresa gli chiese come fosse possibile avere quel nome. Lui le sorrise, la prese per mano e la portò sulla giostra, poi in una casa piena di giochi e di bambini, dove regnava tanta allegria. E lì, ad un certo punto, Teresa vide Carlo, il bambino dagli occhi azzurri. I loro occhi si incrociarono e fu un mescolarsi di colori ed emozioni; Teresa si sentiva per la prima volta una bambina come tanti altri, poteva comportarsi naturalmente, gridare a squarciagola, poteva sfogarsi, giocare insieme a tutti, in quel momento non aveva più paura, l'angoscia era scomparsa all'improvviso, era proprio un sogno fantastico, quasi reale, ma di una cosa era sicura, da quel sogno non voleva proprio svegliarsi.

All'improvviso, qualcuno cercò di svegliarla, continuava a chiamarla per nome, ma Teresa non riusciva ad aprire gli occhi, cercò di muoversi, ma... era come paralizzata. Perché? Cosa stava succedendo dentro di lei? Poi finalmente aprì gli occhi e vide davanti a sé Ferdinando, il misterioso uomo, non più tanto misterioso. Teresa sapeva perfettamente chi era: il papà del passato di Carlo, il bimbo che, poco prima, aveva ritrovato nel sogno. L'uomo le sorrise con riconoscenza e Teresa ricambiò il sorriso; ora poteva guardarlo con serenità, ora sapeva tutto di lui. Ferdinando la prese per mano e la portò in giardino, l'abbracciò e la ringraziò, perché lei aveva fatto rivivere il suo bambino e il papà del passato lo aveva capito.

Il tempo era trascorso velocemente e Teresa e le sue amiche erano cresciute, trasformandosi da adolescenti in giovani donne, con i desideri che tutte le donne hanno crescendo: andare a ballare, avere amici con cui divertirsi, andare al cinema. Non vedevano l'ora di uscire dalla Casa Famiglia, che dopo tanti anni non sopportavano più. Erano stanche di ricevere ordini, di andare a scuola, di svolgere varie mansioni… "Ora basta! - diceva Teresa - Uno dei prossimi giorni scappiamo da questo posto e iniziamo a vivere veramente." Non vedevano l'ora di assaporare la vita che fuori le aspettava e immaginavano che il mondo intero aspettasse solo loro.

E quel giorno venne. Teresa svegliò le amiche Dora e Laura e le invitò a prepararsi, poiché era giunto il momento in cui finalmente avrebbero preso in mano la loro vita, avrebbero iniziato a vivere davvero. Si vestirono e, mischiandosi con chi si recava a scuola, uscirono dall'istituto. Si guardarono e iniziarono a ridere forte, finalmente libere, poi andarono a prendere un autobus e iniziarono la loro avventura. Teresa e le sue compagne avevano messo via del denaro, pensando a questo momento, quindi non avevano problemi a sistemarsi inizialmente in un albergo. Successivamente avrebbero trovato un lavoro ed anche una casa in cui vivere.

Ad un certo punto, Teresa si fermò a guardare un uomo che, in quel momento, attraversava la strada per prendere l'autobus. Le parve una persona conosciuta e immediatamente realizzò che si trattava di Ferdinando, il papà del passato di Carlo. Vedendole, questi chiese loro cosa facessero fuori dal loro ambiente, Teresa gli disse che erano scappate, perché volevano iniziare a vivere. Allora Ferdinando disse loro che le avrebbe aiutate, le avrebbe nascoste per un po', almeno fino a quando non fosse cessato l'allarme per la loro scomparsa. L'unico problema era che non avevano documenti, ma Ferdinando le esortò a non preoccuparsi, perché le avrebbe fatte passare per sue figlie o, forse meglio, per nipoti.

Salirono sull'autobus e si guardarono intorno incantate. Il bigliettaio le fissò e chiese a Ferdinando: "Queste ragazze sono figlie sue?" Ferdinando rispose affermativamente, aggiungendo che le stava portando allo zoo. Teresa, Dora e Laura si guardarono e i loro occhi brillavano di gioia, nella loro breve vita non erano mai state allo zoo, quindi erano felicissime.

Giunsero alla fermata dello zoo e scesero dall'autobus. Ferdinando si sentiva importante, aveva una grossa responsabilità e ciò lo rendeva felice. Entrarono allo zoo, videro tanti bambini urlanti e tanti animali, erano emozionatissime, erano libere. Ad un tratto Teresa restò ferma, immobile: cosa era successo, chi aveva visto? Ferdinando capì subito: aveva visto Carlo, il suo bambino dagli occhi azzurri. Teresa gli corse incontro, solo lei poteva abbracciarlo, solo lei conosceva il suo segreto. Carlo le sorrise, la prese per mano e la portò dove solo loro potevano stare, cioè nel suo sogno, dove c'erano tanta gioia e tanti colori, cascate di acqua freschissima, prati verdi e boschi. Teresa era felice e non sarebbe più voluta uscire più dal suo sogno.

Dora e Laura erano rimaste vicine a Ferdinando, si guardavano intorno cercando Teresa e non capivano dove fosse finita. Perché era corsa via? Ferdinando le tranquillizzò, sapeva che Teresa era al sicuro e che sarebbe tornata presto.

Arrivò la sera, Teresa ritornò dalle amiche e, con gioia, disse loro che aveva vissuto in un sogno bellissimo, loro la guardarono con curiosità, solo Ferdinando aveva capito e non le fece domande.

Ferdinando abitava vicino alla Casa Famiglia, dove loro avevano vissuto per anni. La sua era una casa modesta, ma molto accogliente, cosa che Dora, Laura e Teresa non si aspettavano e che le lasciò stupite. Nella loro testa, si erano fatte l'idea che una casa, povera esternamente, non sarebbe stata piacevole neanche all'interno. Teresa cominciò a guardarsi intorno e, con stupore, vide tante fotografie del bambino biondo dagli occhi azzurri. Fu presa da una grande gioia e pensò di comunicare a Dora e Laura il suo segreto. Del resto loro avevano fatto un patto: la sincerità e la solidarietà sarebbero state alla base della loro amicizia. Allora Teresa cominciò a parlare del bambino biondo dagli occhi azzurri e, mentre raccontava di Carlo, mostrava loro le foto, dicendo che Ferdinando era il papà di Carlo, il quale era volato in cielo da tanti anni. Dora e Laura erano incantate e affascinate dal racconto di Teresa, ma anche incredule per quel sogno bellissimo. Ritenevano incredibile avere come amica una ragazza che, nei suoi sogni, incontrava il bambino biondo dagli occhi azzurri.

Ferdinando cominciò a preparare la cena per quelle tre ragazze che erano scappate e che iniziavano, speranzose, la loro nuova vita. Accese il televisore. Dora, Laura e Teresa si guardarono stupite, non sapevano cosa fosse quella scatola che emetteva suoni e immagini; del resto, nel luogo in cui erano vissute per anni, non avevano mai visto niente del genere. Ferdinando spiegò alle ragazze cos'era quella scatola e l'importanza che aveva per le persone e, proprio in quel momento, dal video, un signore parlò di un posto dal quale erano scomparse tre ragazzine. Le tre amiche si guardarono: si stava parlando di loro! Ma non si scomposero, la loro felicità era troppo grande per doversi preoccupare di essere scappate da quel posto e di essere ricercate. Teresa continuò a raccontare il suo sogno e, mentre l'ascoltava, Laura ebbe un sussulto: le era tornato in mente il suo amico immaginario Davide, che non vedeva da molto tempo.

Anche lei si rese conto che le mancava moltissimo non avere più le sue coccole e si sentiva vulnerabile, nonostante la presenza delle amiche inseparabili. Davide, per lei, era una forza in più, una persona che aveva il potere di farla sentire grande, importante, spensierata. Tempo prima, non vedeva l'ora che arrivasse la sera, perché sapeva che lo avrebbe incontrato nei sogni. Ma, ad un certo punto, questo non accadde più e, nonostante le sue amiche fossero sempre con lei, non aveva mai avuto il coraggio di parlare a loro del dispiacere che coltivava dentro di sé. Teresa si accorse della tristezza di Laura e pensò di conoscerne il motivo, così le si avvicinò, la strinse tra le braccia e le disse: "Non ti preoccupare, ci sarò io al tuo fianco e ritroverai la serenità che meriti."

Laura scoppiò in un pianto liberatorio e, da quel momento, riuscì ad affrontare il cammino della vita che l'aspettava.

Ferdinando mise a letto le ragazze, era molto emozionato, rimboccò loro le coperte e spense la luce. Teresa, Dora e Laura cominciarono a chiacchierare felici e incredule per quello che stava succedendo. Si sentivano speciali, avevano avuto un gran coraggio a scappare dal quel posto ostile, dove avevano passato tanti anni in solitudine. Nonostante tutto, era prevalsa in loro una grandissima forza e tanta voglia di vivere la vita e, grazie all'aiuto di Ferdinando, sarebbero riuscite a raggiungere i loro obiettivi . Le tre amiche, infine, si addormentarono entrando nei loro sogni.

Teresa, nel sogno, ritornò a volare, rivide il bambino dagli occhi azzurri, rivide anche la sua amica immaginaria e si sentì felice. Alessandra le disse che l'aveva cercata, senza riuscire a trovarla e non capiva il perché. Sapeva del bambino dagli occhi azzurri e aveva pensato, un po' risentita, che Teresa l'avesse dimenticata, perché presa da lui.

Anche Laura ritornò a sognare Davide, il suo amico immaginario, che per lei era come un fratello e con il quale riusciva a fare cose che da sola non avrebbe mai fatto.

Dora ritornò a sognare grandi prati, cascate, fiumi e anche il cane Nuvola che la seguiva ovunque. Col suo nuovo amico correva nel bosco e gli parlava di sé, di quando si trovava nell'istituto, da cui per fortuna era scappata, del desiderio di iniziare una nuova vita con le sue amiche e di un papà acquisto, che aveva tante attenzioni per loro.

Passarono tanti giorni, ormai la loro fuga era stata dimenticata, non si parlava più di loro, erano veramente libere.

Libere? In realtà... Di colpo si svegliarono e rimasero scioccate: il loro non era stato che un sogno ormai svanito, si trovavano ancora nella Casa Famiglia. Si sentirono addolorate, ma non si persero d'animo: in fondo, sebbene nel sogno, avevano vissuto intensamente ed erano riconoscenti anche a Ferdinando, che aveva contribuito a far assaporare loro la libertà. Quel sogno rappresentava per loro la premessa della vita futura e restava un segreto bellissimo da custodire.

Ritornarono a scuola, ritrovarono le loro compagne, ripresero la solita vita, ma erano serene, perché in cuor loro sapevano che quel posto lo avrebbero lasciato molto presto.

Finalmente la loro speranza divenne realtà ed arrivò il giorno in cui Teresa, Dora e Laura poterono uscire dal parco ed abbandonare il posto a loro ostile. Naturalmente, si misero subito in cerca di lavoro e Teresa fu la prima a trovarlo. Lei era giovane, abbastanza carina, ma tremendamente ingenua, non sapeva nulla del mondo del lavoro, si faceva mille domande e aveva mille preoccupazioni. Dopo aver vissuto per tanto tempo in un ambiente super protetto, sebbene ostile, ora doveva iniziare ad attraversare la strada da sola, doveva autonomamente pensare a come gestire la nuova realtà che era alle porte, prendere coscienza che non c'era più nessuno che le dicesse fai questo o quello, devi o non devi fare, ubbidire o non ubbidire.

Ma finalmente era libera anche di vestirsi come voleva: i pantaloni non erano più uno scandalo, li poteva indossare, ed erano spariti i calzettoni e la divisa per le varie occasioni.

Questo, in fondo, faceva parte della felicità, per come lei la vedeva ed interpretava.

Un giorno, dopo varie richieste di lavoro senza esito positivo, finalmente arrivò la risposta giusta da parte di una ditta, che la assunse come operaia confezionatrice di vestaglie. E pazienza se quelle vestaglie erano davvero brutte!

Fu subito presa dal pensiero su come si sarebbe vestita, amava molto provare a farsi bella, adorava la minigonna, ma pensò che forse non era adatta per il primo giorno di lavoro. Cercò dentro al misero armadio, tra tutti i vestiti usati, che aveva ricevuto in regalo da altri, qualcosa che potesse andar bene, anche se non corrispondeva completamente ai propri gusti, e non ci pensò più.

Quella notte Teresa rifece il suo sogno ricorrente: il solito "Cappotto Rosso", di cui non aveva ancora capito il significato. Sapeva solo che era un modello favoloso, rimasto nei suoi pensieri da lungo tempo, tanto da essere diventato il suo chiodo fisso.

Quando, il primo giorno di lavoro, suonò il campanello del portone della ditta e le venne aperto, la prima impressione le diede un sussulto: ma dov'era finita quella ragazza piena di sogni, piena di colori, che corrispondeva all'immagine che si era creata di sé e che pensava di ritrovare in tutti i posti?

Sparita! Di fronte a lei, che non si riconosceva più,

c'era solo una signora, non più tanto giovane, che le disse con fare autoritario: "Da oggi dovrai essere sempre puntuale, dovrai rendermi conto di quello che farai e di dove andrai."

Quella ragazza, piena di speranza, era ripiombata in un incubo, da cui credeva di non uscire più.

No, Teresa non voleva ritornare a ricevere ordini, voleva essere libera, scegliere tutto da sola, anche quando sorridere o piangere. Voleva che i suoi sentimenti non fossero ancora soffocati in un incubo, che già era durato tanto tempo. Ma, essendo troppo insicura, continuava a rispondere, alla capo reparto che l'aveva accolta: "Sì, signora, come vuole lei, domani sarò puntuale."

La sera, dopo il lavoro, si sentiva molto frastornata, ma pensava che, nonostante le difficoltà, sarebbe riuscita ad avere la sua libertà a qualunque costo.

Quella stessa sera, incontrò un ragazzo e subito simpatizzarono, tanto che tutte le sere lui prese l'abitudine di andare a prenderla al lavoro. Passavano insieme qualche ora a sentire musica, in una cantina poco lontana, e poi lui la riaccompagnava a casa. Lei cominciava a provare per quel ragazzo strane sensazioni. Quando era al lavoro, non smetteva di pensare che più tardi lo avrebbe rivisto e avrebbero ancora sentito tanta musica insieme.

Ma una sera non fu così: lui la portò al solito posto, accese il giradischi, mise su una canzone, "Senza

Luce" dei Dik Dik, e cominciò a spogliarla. Lei era un po' spaventata, ma anche molto curiosa e si lasciò accarezzare e baciare. Non capiva bene cosa stesse succedendo, però di una cosa era certa: non le dispiaceva affatto la sensazione di pace e di rilassamento che provava. In un attimo capì che lui voleva averla tutta per sé, infatti l'abbracciò e, con tanta delicatezza, entrò dentro di lei. Teresa ebbe qualche sussulto e si abbandonò a lui, felice. Era la prima volta che faceva l'amore e le sere che seguirono continuarono a farlo. Si sentiva al settimo cielo e si chiedeva come fosse stato possibile che nessuno le avesse mai detto che in una parte del mondo si poteva essere amati, desiderati.

Ma quel periodo durò poco. Intanto il lavoro che faceva, che non le piaceva assolutamente: quindi cercò qualcosa di meglio e lo trovò in una grossa azienda di confezioni da uomo, alla catena di montaggio, insieme a tante altre operaie; lì rimase per quattro anni.

Riguardo alla sua vita affettiva, non vedeva più il ragazzo che le aveva preso la verginità. La loro era stata solo una breve storia, ma a Teresa, che prima d'allora non aveva mai vissuto l'amore e la donazione totale, mancava la tenerezza dei momenti vissuti, ma intanto sperava di volare altrove.

Una sera, tornando dal lavoro, incontrò una persona che a lei parve un po' strana. Scoprì che era un poeta, perché le donò subito una poesia, dicendole che, da quando l'aveva vista la prima volta, l'unica cosa che riusciva a fare era scrivere delle poesie per lei. Leo, questo era il suo nome, era un uomo problematico, praticamente ancora legato ai genitori, ormai anziani. Una sera chiese a Teresa se voleva diventare la sua ragazza, ma a lei Leo non piaceva e si sentiva molto a disagio quando lo incontrava.

Ciononostante, ogni giorno riceveva da lui una poesia; questa persona aveva perso proprio la testa per Teresa! Lei, però, non ricambiava assolutamente i suoi sentimenti e cercò Alessandra, l'amica immaginaria, per potersi sfogare. Fece molta fatica, perché Alessandra non rispondeva ai suoi richiami e cominciò a preoccuparsi.

Fu assalita dalla paura, credeva di essere rimasta sola, finché, una notte, sentì un respiro che già conosceva: Alessandra era tornata e le accarezzava i capelli. Teresa si rilassò e ricominciò a sognare il "Cappotto Rosso". Nel sogno, era un saltimbanco, che saltava da un tetto all'altro, felice perché l'amica era tornata da lei. Il mattino seguente, andando al lavoro, si sentiva serena, sapeva di non essere sola ed aveva riacquistato la sua sicurezza. Col passare dei giorni, però, Teresa cominciava ad avere delle strane sensazioni: Alessandra era diventata un po' evasiva e distaccata. Cosa stava succedendo? Perché, quando le parlava, la sua amica non l'ascoltava? Poi, una notte, Teresa fece un sogno molto triste: Alessandra si trovava in mezzo ad una tempesta e non aveva vie d'uscita. La sentiva urlare, chiedere aiuto, ma non sapeva come fare ad aiutarla. Al mattino si alzò molto presto, aveva un brutto presentimento e tornò nel parco, dove di solito s'incontravano, per poterla rivedere, ma lei non c'era. Passò nel parco tutta la giornata a gridare il suo nome, ad aspettarla, ma... niente! Il giorno dopo, la cercò ancora senza risultato, poi, una notte, sentì di nuovo il suo respiro, sentì ancora le sue mani che le accarezzavano i capelli e fu contenta che Alessandra fosse ritornata e che non l'avesse abbandonata. Quella notte riuscì a dormire profondamente e rifece il sogno ricorrente.

La mattina seguente, andando al lavoro, si fermò davanti ad una vetrina e restò senza fiato: il "Cappotto Rosso", che aveva sempre sognato, era lì davanti a lei, esattamente come le appariva nel sogno. Teresa ci pensò a lungo, poi si fece coraggio e, con titubanza, entrò nel negozio: voleva chiedere quale fosse il costo del cappotto e seppe che, per le sue possibilità, era praticamente inaccessibile. Ciononostante, non si perse d'animo e nel suo intimo lo immaginava già suo.

Cercò Alessandra, per comunicarle ciò che aveva provato nel vedere il suo sogno in vetrina, ma non la trovò. Di nuovo cominciò ad agitarsi, per lei Alessandra era il suo mondo, era il suo pensiero, alle volte, era anche la sua tristezza. Teresa aveva messo nelle mani di Alessandra la sua anima, come poteva riprendersela se Alessandra non rispondeva più?

Pensò tutto il giorno al cappotto rosso e, pur sapendo che non poteva permetterselo, sentiva dentro di sé che, prima o poi, sarebbe diventato suo.

E le altre sue amiche del cuore dov'erano in quel momento?

Dora era diventata una ragazza molto carina, alta e slanciata, qualsiasi straccio indossasse, era sempre elegantissima.

Quando era uscita dall'istituto, si era messa a studiare e aveva conseguito il diploma magistrale, perché voleva assolutamente lavorare con i bambini. Con il diploma in tasca, cercò lavoro e, un giorno, arrivò finalmente la chiamata dalla segreteria di una scuola: cercavano proprio lei, aveva il lavoro assicurato. Questa notizia la rese felice e telefonò subito alle amiche Teresa e Laura, per comunicarla anche a loro e per invitarle ad uscire a festeggiare l'evento. Era proprio al settimo cielo!

Anche Laura, che amava gli animali ed aveva studiato veterinaria, aveva trovato lavoro in uno studio veterinario ed era felice.

Laura era una ragazza brillante, si era laureata in breve tempo con un ottimo voto e questo l'aveva aiutata a trovare subito impiego. I begli occhi neri e i capelli lunghi, sul castano biondo, la rendevano affascinante. Portava, con disinvoltura, minigonna e tacchi alti e tutti la guardavano quando passava. Era proprio una bella ragazza!

Da poco tempo aveva preso un appartamentino di due stanze e bagno e lo aveva arredato con gusto. Del resto Laura era una persona molto fine, aveva buon gusto ed era molto gelosa dello spazio che, con fatica, aveva creato.

Laura non vedeva l'ora di incontrare le sue amiche, Dora e Teresa, per metterle al corrente che da pochi giorni frequentava un ragazzo di nome Luca, suo compagno di università. Lo aveva conosciuto il giorno della discussione della tesi di laurea ed erano diventati inseparabili. Insieme a lui provava sensazioni bellissime, forse si stava innamorando, ma, non avendo mai provato l'amore prima, era molto cauta, non voleva illudersi e le sembrava di vivere una favola. Luca la riempiva di attenzioni. Quando, la sera, usciva dallo studio veterinario, era sempre fuori ad aspettarla e per lei era una cosa bellissima. Rimasti soli, si coccolavano, ma le coccole di Luca non avevano niente a che vedere con quelle che riceveva dalle sue amiche. Luca le trasmetteva sensazioni fortissime e riusciva a trascinarla in un mondo pieno di magia, dove l'atmosfera che si creava tra loro era molto forte e palpabile.

Arrivato il giorno dell'appuntamento con le amiche, Laura si preparò: scelse dal suo armadio un abitino corto, ma non cortissimo, calze color carne e scarpe decolleté nere, con tacco alto. Uscì di casa e andò a prendere l'auto, si sentiva bella, speciale, come le sue amiche, anche loro erano veramente speciali e, pur avendo avuto mille difficoltà, tutte e tre erano riuscite a realizzarsi.

Arrivò nel luogo fissato per l'appuntamento e, nonostante non vedesse le sue amiche da tanto tempo, le riconobbe subito. Si abbracciarono, felici di ritrovarsi, e cominciarono a raccontarsi le rispettive novità. Teresa, a poco a poco, ascoltando le amiche e rendendosi conto di cos'erano diventate, si rattristò. Lei, a differenza di loro, non aveva fatto carriera, aveva sì un lavoro, ma rispetto a quello delle sue amiche era davvero poco importante. E soprattutto non aveva fiducia in se stessa, era convinta che non sarebbe riuscita ad andare oltre gli studi che aveva conseguito, anche se avrebbe voluto continuare a studiare, per svolgere un lavoro più consono alle sue aspettative. C'era però qualche cosa che la bloccava e non riusciva a capire cosa. Dora e Laura si abbracciarono, poi si girarono verso Teresa, ma la videro in disparte, mogia e con gli occhi bassi. Ma come! Proprio lei che sembrava la più sicura, che era stata il loro punto di riferimento nel posto a loro ostile, che le aveva aiutate nei giorni in cui si erano sentite più vulnerabili... cosa poteva esserle successo?

Fu Dora ad interrompere il clima gelido che si era creato tra loro, abbracciandola, facendole domande e, a quel punto, Teresa cominciò a raccontare di sé, di quello che faceva. Si diceva dispiaciuta di essersi fermata nello studio, perché il lavoro che aveva trovato non le piaceva, anche se, nonostante tutto, le permetteva di vivere dignitosamente e parlò loro anche del cappotto dei suoi sogni che, incredibilmente, aveva visto nella vetrina di un negozio.

Quando ebbe finito il suo racconto, le amiche le presero le mani, l'abbracciarono e le dissero che comunque loro ci sarebbero state sempre per lei e che avrebbero cercato di aiutarla in ogni modo.

In quel momento, Teresa capì che la loro amicizia non era svanita, nonostante il passare del tempo.

Trascorsero insieme l'intera giornata, si raccontarono tante cose, ritrovarono i loro momenti di felicità, le loro risate e rinnovarono il patto di solidarietà, che le avrebbe legate per sempre.

Venne sera ed ognuna ritornò nella propria casa. Pensando alla giornata trascorsa, sentivano ancora l'emozione per essersi ritrovate. Era stato bellissimo anche per Teresa, Dora e Laura l'avevano fatta sentire bene. In un attimo Teresa ripensò alla vita vissuta fino a quel momento: non poteva dire che fosse stata solo negativa, c'erano stati momenti tristi e anche momenti gioiosi e il ricordo di questi ultimi la fece sorridere. Dopo quella giornata si sentì meglio, finalmente le venne voglia di buttare via le sue insicurezze, di reagire, di rimboccarsi le maniche e fare qualche cosa che l'avrebbe appagata. Decise che il giorno dopo sarebbe andata a iscriversi ad un corso, voleva prendere un diploma, era sicura che sarebbe stata in grado di farcela. Desiderava arrivare a fare il lavoro dei suoi sogni: diventare un'interprete e girare il mondo, non solo con la fantasia, ma nella realtà.

Quella sera Teresa andò a dormire finalmente serena, sentiva che davanti alla sua strada si sarebbe aperto un mondo di cose bellissime. Si addormentò ed ecco che Alessandra, la sua amica immaginaria, venne a trovarla. Ormai, Alessandra sapeva tutto di lei, le era sempre accanto, era il suo angelo dagli occhi neri, bellissima e dolcissima, e Teresa cominciò a raccontarle l'incontro avuto con le sue amiche Dora e Laura.

Alessandra iniziò a coccolarla, riuscendo a creare un clima di pace che Teresa non aveva mai vissuto. In casa c'era un silenzio assoluto, si udiva solo il ticchettio dell'orologio e Teresa sprofondò in un sonno profondo.

Fu svegliata dal suono del campanello di casa e si chiese: "Ma chi é a quest'ora?"

Aprendo gli occhi, guardò l'orologio e si accorse che erano già le nove del mattino. Com'era possibile che avesse dormito così tanto?

Si alzò, si mise addosso il primo indumento che le era capitato e andò ad aprire: era un fattorino con una scatola per lei. Teresa gli chiese chi l'avesse mandata, chi fosse il mittente, ma il fattorino non seppe rispondere. Teresa firmò la ricevuta, prese la scatola, lo salutò ringraziandolo e rientrò in casa.

Chiuse la porta e andò a sedersi sul divano, aprì

la scatola e... non credeva ai suoi occhi: davanti a lei c'era il cappotto rosso! Ma chi gliel'aveva mandato?

Era talmente emozionata che i suoi occhi si inumidirono, le lacrime cominciarono a rigarle il volto, ma erano lacrime di gioia e di incredulità. Poi vide un biglietto, lo prese e lesse:

"Per la nostra amica speciale, con affetto Dora e Laura".

Teresa rimase senza parole, il suo sogno si era avverato.

Improvvisamente si accorse che si era fatto tardi, si era persa nei suoi pensieri, senza rendersi conto che doveva andare a lavorare. Così cominciò ad agitarsi: come avrebbe potuto giustificarsi con la datrice di lavoro?

Afferrò il cellulare e fece il numero della ditta, mentre cercava di trovare una scusa plausibile. Dopo un paio di squilli, rispose proprio la proprietaria dell'azienda che, appena la riconobbe, l'aggredì con voce urlante: "Cosa è successo? Ti rendi conto di che ore sono?"

Teresa restò vaga con la risposta, si inventò che non si era sentita bene durante la notte; del resto la sua datrice non poteva di certo controllarla!

Finalmente si era ritagliata una giornata tutta per sé, poteva pensare a come riorganizzare la sua vita, per raggiungere i suoi obiettivi. Cominciò a fare un giro di telefonate a varie scuole, dove si tenevano dei corsi serali di lingue e, finalmente, prese appuntamento per la sera successiva. La cosa la rese felice; si immerse nei pensieri, immaginando di essere già a lezione, di parlare con la professoressa, di sentirsi dire che era molto brava. Probabilmente era questo che soprattutto desiderava: sentirsi dire brava.

Ritornò nella realtà, si preparò e uscì di casa, per andare a fare acquisti. Era troppo felice, pensava in continuazione al cappotto rosso e si sentiva bellissima. Si era truccata, aveva indossato una minigonna, un maglioncino e scarpe con tacco alto ed era felice. Mentre entrava in un magazzino di abbigliamento, i suoi occhi incrociarono lo sguardo intenso di un bel ragazzo. Il suo cuore cominciò a battere all'impazzata, non aveva mai provato niente di simile, ma quella sensazione, per lei del tutto nuova, era piacevolissima. Teresa entrò in confusione.

Ma chi era costui? Non riusciva a staccargli gli occhi di dosso, al punto da inciampare e cadere rovinosamente. Il ragazzo corse subito in suo aiuto, la fece alzare, le sorrise e si presentò:

"Mi chiamo Renzo, posso offrirle un caffè?" Teresa balbettando gli rispose: "Ma certo, anche più di un caffè! Se per lei va bene, potremmo uscire a cena stasera". Lui accettò subito la proposta.

Lì per lì, non si era resa conto di aver dato appuntamento ad uno sconosciuto, ma, anche dopo averci pensato, la cosa non la preoccupò minimamente. Era curiosa di conoscere Renzo, non sapeva il perché, ma il pensiero la stuzzicava. Finito di fare acquisti, andò dal parrucchiere, poi andò dall'estetista a farsi bella. Finì verso il primo pomeriggio, tornò a casa e si fece un bagno rilassante. Non vedeva l'ora di rivedere Renzo, il suo cuore batteva forte al solo pensiero: era proprio un bel ragazzo!

Decise che quella sera avrebbe indossato il "Cappotto Rosso". Subito dopo telefonò prima a Dora e poi a Laura, innanzitutto per ringraziarle e poi per metterle al corrente dell'incontro della giornata e dell'appuntamento che avrebbe avuto di lì a poco.

Le amiche erano contentissime di sapere che anche Teresa avrebbe avuto il suo momento di felicità e la incoraggiarono ad andare avanti. Arrivò l'ora dell'incontro, sentì suonare il citofono e scese di corsa le scale. Lui era fuori che l'aspettava. Teresa, come lo vide, rimase senza fiato: aveva una camicia bianca, un bel paio di jeans ed era piacevolmente profumato. Renzo si permise di abbracciarla e di darle un bacio sulla guancia, poi la prese per mano, l'accompagnò in macchina e si avviarono verso il ristorante che lui aveva prenotato.

Quello, per Teresa, era il primo vero appuntamento con un ragazzo, per di più con uno sconosciuto, ma ciò non la spaventava, era tranquilla, perché

Renzo le dava un senso di serenità, aveva la sensazione di conoscerlo da sempre. Arrivarono al ristorante, che si trovava nei pressi di una collina. Il paesaggio era stupendo, sembrava che Renzo avesse intuito cosa piacesse a Teresa e questo le faceva piacere. Entrarono nel ristorante completamente vuoto, senza alcun cliente, e il cameriere li fece accomodare in una saletta accanto ad un grande salone. Il tavolo era apparecchiato magnificamente: piatti in porcellana bianchi, calici di cristallo, posate d'argento, due candele accese. Teresa si sentì una principessa, così tante attenzioni nei suoi confronti non le aveva mai avute. I suoi occhi cominciarono a brillare, era emozionatissima, una lacrima le rigò il volto. Renzo se ne accorse e gliela asciugò, dicendole: "È tutto a posto, voglio farti sentire una principessa, i tuoi occhi sono belli, buoni e tu meriti tutto questo."

Teresa, a quel punto, guardò Renzo e con grande gratitudine gli prese il volto tra le mani e gli diede un bacio. Era la prima volta che baciava un uomo e la cosa non le risultò indifferente, provò anzi una bellissima sensazione e decise che doveva dargli fiducia, qualcosa la spingeva tra le braccia di quest'uomo. Ma cos'era?

Renzo lesse nei suoi pensieri e ancora una volta l'abbracciò, anche per lui quello era un momento magico, anche a lui non era mai capitato niente di simile, poi la fece accomodare e ordinarono le portate. Fu una cena molto speciale, Teresa era affamata e mangiò tutto con gusto. Si sentiva dentro una bolla magica, che sperava non sarebbe scoppiata mai.

Ad un certo punto sentì una melodia piacevole, una musica che la mandò in estasi, era un brano di Amadeus Mozart. Renzo la prese per mano e la invitò a ballare con una grazia infinita, ma lei non sapeva ballare e si limitava a seguirlo goffamente.

La serata si stava concludendo e la cosa la rattristò, Renzo capì cosa stava provando Teresa in quel momento, perciò la prese per mano e la guidò verso la macchina. Teresa era anche su di giri, aveva bevuto un po' e non era abituata a bere vino, quindi si sentiva euforica. Renzo la fece salire in macchina, le diede un bacio sulle dita, le sorrise. Teresa era felice, non si era mai sentita così. Quando arrivarono davanti alla sua casa, Renzo fermò la macchina, uscì e la aiutò a scendere; si ritrovarono davanti al portone di casa e, a quel punto, lei pensò: "Lo faccio salire o no?"

Poi si diede la risposta e lo fece entrare in casa. Le gambe le tremavano, ora cosa avrebbe dovuto fare? Il suo istinto le suggeriva di prenderlo per mano e accompagnarlo nella sua camera da letto e così fece. Renzo non oppose resistenza, era attratto da Teresa. Mentre la seguiva, si guardò intorno e trovò la camera molto accogliente, piena di colori, semplice ma, nella sua semplicità, stupenda.

Teresa lo guardò, Renzo cominciò a baciarla e piano piano le tolse i vestiti, la pose sul letto e cominciò ad accarezzare quella pelle bellissima, giovane. Teresa si lasciò andare, per lei quello che stava accadendo era troppo bello, coinvolgente, ed entrò con trasporto in quell'amore a lei sconosciuto, pieno di sorprese, meraviglioso.

Fu una notte infinita: i loro corpi diventarono un unico corpo, i loro occhi si incontrarono nell'infinito, dentro alla loro anima. Ormai non erano più degli sconosciuti, perché tra loro era nato l'amore.

Il mattino seguente Teresa si svegliò, Renzo non era più con lei e allora si chiese se quello che aveva vissuto fosse stato solo un sogno o realtà. Ma la risposta arrivò subito, il suo cellulare cominciò a suonare, Teresa rispose: era lui. Il cuore cominciò a batterle forte, si agitò, allora era stato tutto vero! Renzo le chiese se stava bene, Teresa gli rispose che stava benissimo e che si stava preparando per andare al lavoro, inoltre aggiunse che era già in ritardo e, visto come era andata il giorno prima, non voleva altri grattacapi. Renzo le disse che sarebbe passato da lei, al lavoro, per l'ora di pranzo e le chiese l'indirizzo dell'azienda.

Lei glielo diede, lo salutò e si preparò ad uscire, indossando ancora il cappotto rosso, che le aveva portato fortuna. Nei suoi sogni, con il cappotto rosso appariva sempre il sole e per Teresa il sole significava molto, significava tutto.

Per strada era euforica, non vedeva l'ora che arrivasse l'ora di pranzo, si sentiva eccitata. Quando arrivò al lavoro, la sua "capa" la guardò e lei diventò rossa in volto, perché pensava che avesse capito quello che le era successo. Ma non era così, lei aveva solo notato che Teresa aveva una luce nuova in volto e le chiese se stava meglio. Lei rispose che non si era mai sentita così bene e la dirigente le sorrise, conscia che qualcosa in lei era cambiato.

Quella mattina, Teresa non riusciva a concentrarsi, ripensava continuamente alla serata e alla nottata precedenti e, al solo pensiero, si emozionava così tanto che cominciavano a sudarle e tremarle le mani, facendole correre il rischio di eseguire male il lavoro, che era prevalentemente manuale.

Finalmente arrivò l'ora di pranzo. Teresa usci dall'azienda e volse subito lo sguardo nella direzione di Renzo, che le apparve stupendo con i suoi jeans e la camicia azzurra. Nel vederlo, il suo cuore cominciò a battere all'impazzata, gli corse incontro, lo baciò e lo abbracciò felice. I due andarono a pranzo e Teresa cominciò a parlare di sé, della sua vita, delle sue emozioni. Renzo la ascoltava affascinato e pian piano si innamorava sempre di più, la guardava con una tale intensità che Teresa gli chiese se avesse detto delle cose che lo avevano sconcertato. Renzo l'abbracciò e le disse: "Ti guardo con intensità, perché dentro di me sta succedendo un miracolo: non ho mai provato per una donna il sentimento che provo per te." Teresa gli disse che anche per lei era la stessa cosa, che per lei era stato un colpo di fulmine.

Finita la pausa pranzo, Teresa si avviò verso l'azienda. Camminando, pensava che, durante l'incontro, aveva parlato quasi sempre lei e che di Renzo, in fondo, non sapeva nulla, né che lavoro faceva né del suo passato, ma si ripromise che, a sera, rivedendosi, ne avrebbero parlato.

Strada facendo, telefonò alle sue amiche Dora e Laura, a cui non era ancora riuscita a raccontare quello che le stava succedendo e non vedeva l'ora di farlo, tanto che chiese loro di incontrarle il giorno successivo, anche perché, essendo sabato, libere dal lavoro, avrebbero potuto pranzare insieme e chiacchierare a lungo.

Le amiche accettarono di buon grado la proposta e furono le prime ad arrivare all'appuntamento. Quando videro arrivare Teresa, rimasero sbalordite: non era più la Teresa che conoscevano, ma una donna radiosa, vestita benissimo, elegantissima nel suo cappotto rosso.

Dora e Laura le corsero incontro, l'abbracciarono e cominciarono a farle tante domande, volevano sapere cosa le fosse successo. Teresa prima chiese loro come stavano e poi cominciò a raccontare di sé e del suo primo ma grandissimo amore. Dora e Laura erano affascinate dal racconto, pensavano che la loro cara amica stesse vivendo una favola ed era proprio così: Teresa si sentiva una principessa che aveva incontrato il suo principe azzurro.

Ad un certo punto Dora disse che anche lei aveva

una storia con un uomo che la desiderava, che l'amava. Si chiamava Marco, era il papà di uno dei tanti bambini che incontrava tutti i giorni, facendo il suo lavoro di educatrice. A Dora Marco piaceva molto, passavano tanto tempo insieme e lui le raccontava la sua vita, le parlava del periodo in cui era sposato, della fine del suo matrimonio. Purtroppo la moglie era andata via, era una donna che non riusciva ad assumersi le sue responsabilità e Marco si era ritrovato all'improvviso a crescere da solo il proprio bambino; Dora era felice quando incontrava il bambino, lo coccolava e lo trattava come fosse figlio suo. Con il tempo, il piccolo le si era affezionato sempre di più e la cosa che la sorprendeva era che spesso la chiamava mamma, per lei una parola magica.

Le amiche, sentendo il racconto di Dora, si sentirono felici. Finalmente avevano trovato tutte e tre il loro equilibrio ed avevano dato un senso alla loro vita, un senso che solo il vero amore può dare.

Teresa iniziò a frequentare i corsi di lingue e ben presto ebbe dei risultati per lei sorprendenti, non le sembrava vero che stesse imparando le lingue con tanta facilità e soprattutto era entusiasta all'idea che il suo sogno si sarebbe avverato: fare l'interprete, viaggiare e avere un compagno meraviglioso.

Laura continuava a lavorare nello studio veterinario, amava sempre tantissimo gli animali ed era amata tantissimo da Luca, col quale viveva in simbiosi. Facevano tutto insieme, erano due corpi e un'anima, anche se era consapevole che questo, alla lunga, avrebbe potuto impedirle di camminare sulle proprie gambe.

Però le andava bene così, per il momento non si poneva alcun problema, mentre, in realtà, con le amiche aveva tirato fuori le sue insicurezze, dicendo loro che se un giorno Luca l'avesse lasciata non sarebbe riuscita a cavarsela da sola.

Le amiche la guardarono stupite, non riuscivano a capire come fosse possibile che Laura, bellissima ragazza, donna spigliata, piena di voglia di lavorare, potesse essere diventata così fragile. Poi Teresa si rese conto che Laura portava ancora dentro di sé i segni dell'infanzia, non aveva mai chiuso la porta al suo passato e proprio questo era il motivo della sua fragilità.

Teresa propose alle amiche di uscire una sera con i rispettivi ragazzi, Dora e Laura accolsero la proposta con gioia; del resto erano amiche con un'anima sola!

Si trovarono una sera tutti allegramente a cena. Passarono una bellissima serata, chiacchierando a lungo tra loro. Luca, Marco e Renzo si trovarono subito a proprio agio, avevano tanti punti in comune e tanti progetti. Le loro ragazze erano stupite dal loro comportamento, dalle loro affinità, tanto che pensarono che anche i loro ragazzi avessero fatto un patto di amicizia, come avevano fatto loro tanto tempo prima. Dopo cena, andarono in un locale dove c'era musica e si poteva anche ballare e trascorsero così una bellissima serata. Tornata a casa, Teresa andò a dormire e sognò ancora Alessandra, che teneva per mano il suo amico Carlo, il bambino biondo dagli occhi azzurri.

Era un sogno bellissimo, in cui, dopo tanto tempo, ritrovava Alessandra, per la prima volta accompagnata da Carlo. Teresa capì, durante il sogno, che sarebbe diventata una donna felice, appagata e amata da Renzo, ma anche che, da quel momento in poi, sarebbe diventato il suo grande punto di riferimento.

La mattina, al risveglio, diversamente dal solito, si sentì libera, felice, nei suoi pensieri c'era un pensiero che da pochi giorni prendeva la sua anima: avere un bambino tutto suo, che avrebbe completato il suo cammino e il suo futuro accanto a Renzo.

Parlò di questo al suo compagno e gli spiegò come il solo pensiero la rendesse felice. Renzo la guardò, l'avvicinò a sé e la abbracciò, un gesto che era la sua risposta. Sì, anche lui stava pensando al loro futuro e ai loro possibili bambini. Fecero l'amore con passione.

Il mattino seguente Teresa si alzò molto presto, doveva dare un esame d'inglese e voleva assolutamente superarlo. La settimana precedente aveva già sostenuto un esame di tedesco, che era andato bene. Teresa pensava che la sua fortuna fosse dovuta al "Cappotto Rosso", perché tutte le volte che lo indossava accadevano cose bellissime. Ma la verità era che, da quando aveva deciso di studiare lingue, ci era riuscita, perché aveva le potenzialità per farlo, cosa che fino ad allora le era sembrata impossibile.

Anche l'esame d'inglese andò benissimo, al punto che il professore le fece i complimenti. Uscita dall'università, diede la bella notizia a Renzo, il quale non aveva dubbi sulle sue capacità e glielo disse.

Teresa andò al lavoro il giorno successivo, ma finalmente non le pesava, perché sarebbe stato l'ultimo giorno, visto che si sarebbe dimessa. Ormai sapeva che il suo nuovo futuro era alle porte.

La sua datrice di lavoro, quando ebbe la notizia delle sue dimissioni, si rattristò, gli occhi le si inumidirono e le scese una lacrima. Teresa rimase sconvolta: aveva davanti a sé una persona che all'apparenza sembrava di ghiaccio, ma che in realtà si era rivelata estremamente sensibile, confidandole che si era affezionata a lei e chiedendole di non lasciarla sola, comunque e dovunque fosse andata.

Arrivò presto la sera, Teresa uscì dal lavoro, era libera! Finalmente, dopo tanti sacrifici, aveva tra le mani il suo futuro ed ora dipendeva solo da lei riscattarsi e renderlo meraviglioso.

Andò a casa di Renzo, che l'aspettava, poiché aveva qualcosa di importante da dirle. Cenarono, poi Renzo la fece sedere sul divano e le disse: "Devi ascoltarmi, ho una richiesta da farti." Teresa era stupita, specialmente quando Renzo si inginocchiò e le chiese di sposarlo, offrendole un bellissimo anello con una pietra rossa, che le infilò al dito ancor prima che Teresa gli desse la risposta.

Teresa non si aspettava anche questo, in quella giornata in cui erano accadute tante cose. E, ancora scossa, fece alzare Renzo, guardò la sua mano con l'anello, lo fissò con gli occhi pieni di lacrime e gli rispose: "Sì, io ti sposerò."

Il mattino seguente si alzò con molta calma, si sentiva strana, quel giorno per la prima volta non doveva correre al lavoro. Fece colazione, si fece una doccia e uscì. Renzo, che era un ingegnere informatico e lavorava in una azienda di informatica, quella mattina era uscito presto, perché aveva una riunione. Teresa si prese la giornata tutta per sé, andò a fare acquisti, andò a fare una camminata nel parco, poi telefonò alle sue amiche, Dora e Laura, comunicando loro la notizia, la proposta di matrimonio di Renzo, e diede loro appuntamento per il giorno successivo, per festeggiare. Riteneva giusto che lo facessero da sole, senza i rispettivi compagni.

Le tre amiche si ritrovarono e, oltre alla novità raccontata nei dettagli da Teresa, ne scoprirono un'altra comunicata da Dora: Marco e Dora aspettavano un bambino. Teresa e Laura cacciarono un urlo di gioia e chiesero alla futura mammina se conosceva già il sesso del nascituro. Dora disse che sarebbe stata una femmina e che aveva pensato già al nome, l'avrebbe chiamata Lavinia, come la nonna di Marco. Lei era ben felice di darle quel nome, perché la nonna di Marco era una donna dolcissima, che le voleva bene ed era sempre pronta a darle consigli. Dora, del resto, quando aveva un problema, andava a trovarla e nonna Lavinia non la deludeva mai, si dimostrava sempre disponibile e, inoltre, la ringraziava perché voleva bene a Marco.

Tornata a casa, Teresa ripensò alla giornata appena trascorsa con le amiche e si ripropose, per il giorno successivo, di andare a trovare Ferdinando, il papà del passato di Carlo, il bambino biondo dagli occhi azzurri, che vedeva spesso nei suoi sogni.

La mattina seguente si svegliò presto, aveva tante cose da fare, ma la cosa più importante era andare a trovare Ferdinando che, per Teresa, era una persona speciale. Per lei rappresentava il padre che non aveva conosciuto e non vedeva l'ora di rivederlo. Suonò il campanello, Ferdinando le aprì la porta e la guardò con stupore. Si emozionò, rendendosi conto che Teresa non l'aveva mai dimenticato, l'abbracciò e la fece entrare nella sua umile casa. Teresa ricambiò l'abbraccio e cominciò a raccontargli a ruota libera tutto della sua vita e del cammino che stava facendo: l'esperienza del lavoro, lo studio all'università... Ferdinando l'ascoltava incantato, poi ci fu un lungo silenzio, Teresa prese le mani dell'uomo e gli disse: "Ferdinando, vorrei che tu mi accompagnassi all'altare il giorno del mio matrimonio."

Lui la guardò con gli occhi lucidi e le rispose: "Ma certo, ne sarò felice, sarai una sposa bellissima!"

Passarono la giornata insieme, Teresa gli raccontò anche delle sue amiche, di Dora che aspettava una bambina, che sarebbe nata di lì a pochi mesi e si sarebbe chiamata Lavinia, come la nonna di Marco, il suo compagno.

Tornò a casa la sera e, mentre aspettava Renzo per cena, suonò il cellulare. Era Laura, che aveva in studio un cucciolo di cane, per il quale cercava urgentemente una sistemazione. Teresa non ci pensò un attimo, le disse che sarebbe stata felice di avere un cagnolino, uno dei suoi tanti desideri. Del resto in quel periodo non lavorava, andava solo all'università, perciò il cagnolino avrebbe abitato con lei e pregò l'amica di portarlo subito, così avrebbe fatto una sorpresa a Renzo. Dopo un po', sentì suonare il citofono, era Laura con il nuovo inquilino, il cucciolo di pastore tedesco rimasto solo, dato che i suoi fratelli erano stati tutti adottati. Teresa, quando lo vide, cacciò un urlo di gioia, era veramente felice. Ma quante cose stavano succedendo nella sua vita! Erano tutte cose bellissime e a Teresa questo faceva un po' paura, ma non volle pensarci. Salutò Laura che andava di fretta, prese il cucciolo in braccio, lo coccolò e lo chiamò Gingo, che le sembrava proprio un nome adatto a lui.

Arrivò Renzo e, come aprì la porta, si vide correre incontro questo essere meraviglioso che era Gingo. Renzo lo prese in braccio e gli diede un bacio, Teresa osservò la scena e, a quel punto, capì che Gingo sarebbe vissuto sempre con lei.

E giunse per Teresa il giorno delle nozze con Renzo. Lei aveva organizzato tutto: l'abito, il pranzo, gli invitati e aveva contattato anche il parroco per la cerimonia.

Quella notte sognò ancora Alessandra e il bimbo biondo dagli occhi azzurri, che le sorrisero e le dissero di andare verso il futuro.

La mattina stabilita, indossò un vestito bianco bellissimo, che le stava divinamente, era proprio una sposa radiosa! Ferdinando era lì, un po' frastornato per la responsabilità importantissima di accompagnare Teresa all'altare. Mentre entravano in chiesa, Teresa sentì la musica di Mozart, quella musica che le dava emozioni fortissime e che proprio Renzo, la sera in cui si conobbero, le fece sentire per la prima volta. Era una musica speciale, molto più significativa della classica marcia nuziale, perché faceva parte di loro, della loro storia d'amore.

Teresa aveva realizzato il suo sogno, ora non chiedeva null'altro che vivere felice con Renzo ed avere dei bambini.

Laura, era contenta di essere riuscita a sistemare il cuccolo di pastore, però si sentiva un po' sola, sentiva la mancanza delle amiche: Teresa si era sposata, Dora avrebbe partorito, di lì a poco, la piccola Lavinia e Marco la riempiva di attenzioni, sempre pronto alle esigenze della sua compagna.

Questa è la storia di tre ragazze: Teresa, Dora e Laura che, crescendo insieme, hanno immaginato la loro vita dentro ad un sogno che, con il tempo, sarebbe diventato realtà.

Che dire? In questa storia c'è tanta fantasia e poca realtà e io spero che piaccia.

Grazie ai lettori, persone che sono entrate in questa avventura.